박정린 詩集

본명은 박평서, 朴平緒
필명은 박정린, 朴正麟
호는 동오, 東旿
세례명은 요 셉
현재는 後文學派의 한 사람으로
그림도 그리고
시도 쓰고 있다.

Unfinished Confession

Park Jeong Rin

# 미완의
# 고백

박정린 시집

도서출판 **한국문인**

## • 책머리에

　나의 지난날은 '로버트 프루스트'의 숲속 두 갈래 길에서 꽤나 서성거렸다. 이것도 하고 싶고 저것도 하고 싶었다. 그래서 스무 살 되기 전에는 문과에도 이과에도 기웃거렸다. 공군 초급지휘관 생활에 이어 아남그룹에서의 긴 사회생활 후 회사설립 사업운영 그리고 은퇴 후 편승한 「화가」, 「시인」이라는 별도의 이름으로 살아오고 있다. 그러나 천성이 끈기 없고 게으른 탓으로 모든 게 미완이었다. 어느 분야이든 재능 있고 잘하는 사람이 차고 넘쳤다. 몇십 년을 크리스찬으로 살고 있지만 역시 미숙하기 그지없다. 처해진 각 위치에서의 나 자신이 모두 그러하다. 그림이나 글이나 나의 자아를 표현한다고 할 때 아직까지 하지 못한 것 너무나 많다.

　첫 시집 이름을 '未完의 고백'이라고 정하였다. '미완'이라는 단어의 뜻 속에 여러 가지 함의가 포함되어 있다. 시쳇말로 열린 제목이라고 해 두자.

다행히도 살아오는 동안 굽이굽이 주위의 많은 사랑을 분에 넘치게 받아왔다. 오늘의 나를 있게 한 진정 고마운 분들이다. 사춘기 시절 知音之交지음지교의 벗, 고 김대홍과 고 민태규(이들 모두 요절, 그래서 한때 나는 '나의 우정은 죽어서 없다'라고 슬퍼했다), 초급장교 시절의 김봉률 대대장, 사회에 나와 정말 오랫동안 모신 우곡 김향수 창업자, 그리고 나의 개인전까지 주선한 고 이상덕 화백을 결코 잊을 수 없다. 또 나를 시인으로 등단시키고 그동안 이끌어 준 새한국문학회의 경암 이철호 이사장님 덕분에 이번 시집도 상재케 되었으니 겨우 이제야 감사의 절을 올려 드린다.

　그러나 이 자리에서 지금까지 50년의 세월을 한결같이 헌신적 사랑으로 감싸준 나의 아내 정 안젤라를 빼놓을 수 없다. 그동안 나는 나의 아내에 대해서도 역시 항시 미완이었다. 앞으로 얼마나 더 시간이 주어질지 모르지만 역시 미완일 것이다. 그래서 뒤늦게나마 보답의 의미에서 나의 아내에게 첫 시집을 바치고자 한다.

2018년 8월

東昒 박정린 씀(박평서)

# | 차례 |

제2부 **염전에서**

# | 차 례 |

## 제5부 눈 내린 광야에서

| 차례 |

제1부

# 노르웨이의 숲

| 역자 유병소 |
· 한국외대 및 건대 대학원 영문과 박사과정 수료
· 경복대 교수 16년
· 한국번역가협회 회원

# 봄 비

4월에 내리는 봄비는
사선을 그으며 가만가만 떨어진다.
여린 벚꽃 잎 떨어질까 봐
이제 막 핀 목련꽃잎 생채기 날까 봐

4월에 내리는 봄비는
명주실 푸는 듯 보슬보슬 조용히 내린다.
아직 땅속에서 잠 덜 깬 금잔디 새순 돋으라고
연두색 이파리들 초록빛 더욱 짙어지라고

봄비는 세상을 세상답게 꾸미는
시작점이고 전주곡이다

저 비 그치면
강가 기슭에선 철퍼덕 철퍼덕
잉어가 산란하리라.
푸르른 보리밭 고랑 위 맑은 하늘로
종다리 높이 비상하리라.

# Spring Rain

Spring rain falling in April
Softly falls rain in a diagonal line.
Might fall delicate cherry blossoms
Might scratch just blooming mangolia blossoms.

Spring rain falling in April
As silk thread untie, gently, still come down.
For coming out golden turf bud
Still in half-sleep under ground,
For deepening yellow green leaves

Spring rain
Bustling world makes up fine world,
is starting point and prelude.

The rain stops,
At a riverside carps spawning crashly sound.
Over green barley field furrow,

어느 숲속에선
장끼가 꽥꽥 암놈을 부르리라.

세상이 세상답게
봄비야 더 사묵사묵 내려다오.

Skylark soaring high into clear sky.

In any woods

Cock pheasant might call  hen pheasan,

shouting and shouting.

World, fine world alike

Spring drizzling rain, take down more softly, gently.

# 山寺산사의 범종소리

산속에 숨은
옛 절의
저 인경소리
천년의 시간여행 알리더니
煙雨는개 물러간
산 그늘로
슬며시 스며 드네

새벽
산책길.
거미줄에 아슬하게
매달린 저 물방울
한 알
그 소리에 깜짝 놀라
손을 놓치네
뚝!

동자승아

# The Bell Sound in Mountain Temple

Hidden in the mountains

That large brass gong sound used

as a curfew bell of old temple

Informed millennium time travel

stealthily get into the mountain foot retreating

drizzle.

Dawn walking path,

That a drop of water in a breathtaking clung

to spider's web

Surprised the sound with a brink,

Fail to catch it,

With a snap!

Child monk

No acrid smoke.

This body

After a service for the dead,

매운 연기 피우지 마라.

이 몸은

散華산화공양 마치고

화엄탱화 보러 가야겠다

緣起연기는 무엇이며,

어디에서 와서 어디로 가는지?

Buddhist rite of scattering flowers,

Would go an Avatamsaka altar portrait of Buddha.

What is Karma,

Where come and go?

# 화살과 과녁

드디어
시위를 떠난 화살은
바람을 가르고
중력을 거슬러서
침묵의 일순 숨을 멎더니
과녁에 박혀
부르르
제 몸을 떨고 있다.

그런데
어떤 계곡에선
바위틈새 숨어 있다가
작살 맞은 동자개가
부르르
떨었으리.

아, 황홀한 엑스터시
나도 그 절정의
화살이고
또한 과녁이고 싶다.

# Arrow and Target

At last

The arrow leaving the bowstring

Parting the wind

Against the gravity

A flash silence hold its breadth

Be stuck to a target

Shivering

Trembled itself.


By the way

In any valley

Hidden in a rock crack,

Harpooned catfish

Trembled shivering.


Ah, enchanted ecstasy

I'd be an arrow and target of the peak.

# 어떤 연못

부들이 핫도그 같은 꽃대 올리면
물방개는 수영대회 하고
창포 잎이 긴 창을 자랑하면
논병아리는 새끼 업어주던
아름다운
연못 하나 있었지.

그런데, 아 어쩌나
어느 해 모진 가뭄 끝
연못 물 모두 마르자
다~ 드러나 버렸지.
막걸리 병, 통조림 깡통, 비료포대
그리고 비닐 슬리퍼까지

# Some Pond

Cattail raises flower stalk like hotdog,

Diving beetle swimming meet,

Sweetflag leaf boasts long spear,

Didapper carried chicks on the back,

There was a wonderful pond.


By the way, oh, no.

One year, long severe drought

Dried up ponds

All revealed inside.

Raw rice wine bottles, canned provisions,

Manure sacks, vinyl slippers, too...

# 홍시

가을 끝에
주홍색 몇 개,
까치밥 되어
아슬히 매달려 있다.

직박구리까지 쪼아 먹고
맨 늦게 남은 그것,
고양이 한 마리 가지에 올라
위태롭게 노리다가
가지 뚝 꺾어져
둘 다 낙하한다.

고양이보다
더 먼저 떨어진 홍시
땅바닥에 상 차린다.

# Ripe Persimmon

At the end of the Autumn
Several scarlets,
Becoming magpie steamed rice
Hang down with an inch.

Up to bulbul pecked at and eat
The last remaining odd one,
Climbing a branch, a cat
Stare risky, fierce
Branch broken with a snap
Both drop to the ground.

Before a cat
Earlier coming off persimmon,
Set up a table on the ground.

# 노르웨이의 숲

하얀 꿈을 꾼다
때는 白夜백야 기간 중
여기는 노르웨이의 숲이다.
주위는 온통 白樺자작나무들
언제부터인지 쌓이고 쌓인 강설의 대지는
白堊백악의 침묵이다.
숲은 점점 깊어지고
저 밀집된 하얀 나무들 뒤편으로 펼쳐진 오로라여!
아직도 세속의 욕망에 잠 못 이루며
채 끝나지 않은 형벌에 못 견디어 하는데
이제 종심에 가까운 나이
언제 나는 진정코 자유의 새를 날려볼까
마음속 난로에 오래 지펴왔던 검탄이
白炭백탄이 되도록
나는 아직도 하얀 꿈을 꾼다.
남루한 옛부터 그려왔던
白馬백마의 하얀 갈기 휘날리도록

# The Forest in Norway

Dreaming white dream

During Night with the midnight sun

Here Norwegian Woods.

All around white birches

Since when, snowfall ground lay thick snow

Pure white wall silent.

Forest deeper and deeper

Unfolded Aurora behind dense, thick white trees!

Not sleeping yet with mundane world desire,

Not enduring with unfinished punishment,

Now age close to the end of the year,

When in the future genuinely should fly free bird,

Till black coal lit long in my heart stove

Became fine charcoal,

Dream yet white dream.

Longed for from old raggedy

For white mane of white horse flapping,

광대한 평원 질주하는 그 바람을

때는 白夜 백야

여기는 노르웨이의 하우게 숲이다.

Rushing wind in vast plain,

It night with the midnight sun,

Here Norwegian Hauge woods.

# 빈센트에게
### - 빈센트 반 고흐에의 헌시

별이 빛나는 이 밤
그대 아직도 먼 나라 가고 있나요
세상의 모든 슬픔 안고
빛과 어둠 가르며

그대 아직도 깊은 눈으로 보고 있나요
거리에서 만났던 긴 머리의 소녀를,
펼쳐진 성경 옆에 불 꺼진 촛대를
탄광촌 어둔 집 안에서 감자 먹고 있는 그들을.

그대 아직도 붓을 들고 그리고 있나요
검푸른 하늘 가운데 돌고 있는 수많은 별들을,
하늘 찌를 듯 높이 솟아오르는 싸이프러스 나무를,
노란 밀밭 위로 어지럽게 날으는 까마귀떼를.

세월이 가면 갈수록,
우리들 영원히 기억하고 있어요.
그대의 차가운 겨울과 그 바람

# To Vincent
### - dedicated Poem to Vincent van Gogh

In a starry tonight

Are you still going a faraway land?

With all the sorrows of the world

Parting the light and darkness


Are you still seeing with deep eyes?

The long hair girl, met on the street

Hollow candlestick by the unfolded Bible

Those eating potatoes,

In dark family of coal mining village.


Are you yet drawing with a paintbrush?

Uncounted stars go around dark blue sky center,

Cypress trees reached high up into the sky,

Crows flock flying dizzily over yellow wheat field.


As the years go by,

We remember for ever.

그대가 본 소용돌이치는 구름들
그대가 그린 빈 벽에 걸린 초상화들.

별이 빛나는 이 밤
그대는 아직도 먼 나라 가고 있나요
세상을 바라보는 깊고 넓은 마음으로

여기 살아가고 있는 사람들
별이 빛나는 밤이 오면,
당신이 주었던 푸른 영혼과 노란 연민의
세상에의 가득한 사랑 그리워
눈물 흘리고 있어요.
정말 미안해요. 빈센트!

Your chilly winter, the winds

Swirly clouds you saw,

Portraits on the empty wall you drew.


In a starry tonight,

Are you still going a faraway land?

With deep wide mind, you see the world.


People living here

Coming starry night,

Long for full of love to world

of blue spirit, yellow pity you gave,

Shedding tears.

Really sorry, vincent!

# 위대한 감응
-클라우디오 아바도의 추모음악회를 보고


왼손목이 안쪽으로 꺾인,
바이올리니스트의
흰 목덜미와 귀밑 사이의 머리칼 몇 가닥
피아니시모로 흔들리더니,

지휘자의 현란한 동작이 드디어 멈춘 후
모두가 숨막혀버린 그 靜寂정적이여!

클라우디오 아바도의
투명한 마법이
눈물덩어리로 새롭게 살아나고 있었다.
위대한 감응으로

# Great Inspiration
  - cherish memory concert of Claudio Abbado

Left wrist, broken the inside

Violinist' a few hair strands between white neck

nape

and ears root

Shaking with Pianissimo,


After stopping conductor's flaring movement,

The static all choked !


Claudio Abbado

Transparent magic

Newly reviving with tear flurry.

With great inspiration

# 첼로와 여자

첼로를 키는 여자는 아름답다.
여자는 현악기이다.
첼로는 르노아르의 나부마냥 풍만한 여인이다.
적당히 그을린 윤기 나는 갈색 피부
육감이 터질 듯한 저 엉덩이에 안 어울리는
미세하게 흔들리는 속눈썹,
가녀린 손가락으로
현과 활의 전율을 안다.
아다지오에서 비바체로
알레그로에서 안단테로

바이올린 중 가장 명기라는
'스트라디바리'인들
이보다 더 아름다울까
첼로를 키는 여자는 관능이다.
저, 현의 허리를 집중 공략하는 활을 보아라.
드디어 차분한 여자도 운다,
온몸으로

# Cello and Lady

Cello-playing lady is lovely.

The lady is a stringed instrument.

Cello is like Renoir nude woman, abundant woman.

Suitably bronzed by the sun, glossy brown skin,

The buttocks bulging intuition,

Unsuitable minutely waggly eyelashes,

With tenuous fingers

shudder a string and a bow

Adagio to Vivace

Allegro to Andante


Of violins, most famous instrument

'stardivari'

beyond that

Above Cello playing was supreme

lovely performance.

Cello playing lady, organic sense

See the bow conquesting string waist

Finally calm lady weeps,

head and ears

# 블루Blue에 대하여

절대 고독의 시절
나에게도 靑色청색 시대가 있었다.
청록색 페퍼민트 술에 취하여
'랩소디 인 블루'를 들으며
죽은 우정을 위하여 통곡하였고,
그 후 파란의 시절에도
저 먼 지중해 '그랑 블루'를 기억하여
해심 깊이 의식을 잠수하였었다.

하지만 이제
누가 무어래도 너는
- 영원한 자유의 징표
- 육신의 靜脈정맥
- 생명의 알카리이기에
푸른 지구를 떠난 나의 우주선은
아직도 無涯무애의 恒星항성공간을
비행하는 중이다.

# On Blue

Absolute solitude days

I had the Blue Period.

Got drunk bluish green peppermint

Hearing a Rhapsody in Blue

Wailing for dead friendship

Afterthat, Disturbance times

Remembering far away Mediterranean 'cobalt blue'

Deep dived seadepth profound consciousness.


However, now

Whatever anyone says, you

-the permanent sign of freedom

-the flesh vein

-the alkali of life

My space shuttle leaving green Earth

still in flight

Boundless interstellah space.

제2부

# 염전에서

# 무제 1

감나무 가지 위에 진홍빛 紅柿홍시
쪼아먹는 까치 한 마리를
고샅길에서 나온
고양이 한 마리가 힐끗 쳐다보더니
그냥 제 갈 길 가네
아, 寂寥적요함이여!

# 무제 2


7월엔

땅바닥에 길게 뻗은 넝쿨마다

자주 보랏빛 칡꽃(葛花) 향기 가득하여

渴症갈증의 벌떼들 요란 분주하더니

어느새 쑥부쟁이

벌개미취 만개하는데

이 세상 끝날인 듯

잠자리떼 모두 다 나와

짝짓는 飛行비행 정신없이 어지러운

아, 奧妙오묘함이여!

# 무제 3

억새꽃이
갈색에서 銀은색으로
은색에서
밤에 보는 메밀꽃 이파리처럼
슬픈 白백색으로 변하듯
如如여여한 인생은
그저 淡淡담담할 것인데도
아, 어쩌나
아직도 모닥불 뛰어드는 불나방 같은
無謀무모함이여!

# 塩田 염전에서

가로 세로 신도시구획으로
나누어진 저 광활한 대지에
졸지에 가두어진
바닷물은 울고 있었다

오로지 그곳은
움직이는 모든 것 사라지고
시간마저 멈춘
뙤약볕 내리쬐는
한낮의 적막한 풍경뿐

그 속에서
하루에 한 번씩
水車로 제 몸이 꺾이고
또 꺾이면서
눈물도 말라버린
타들어가는 아픔으로
해종일 졸이고 또 졸여지니

그 상처는 송이송이 빛나는 하얀 알갱이로
드디어 소금꽃 피운다

수많은 밤을 지새며
탈수될 때까지 기다리고 기다려
새로운 結晶결정으로 태어난 몸은
이제 소금으로 부활한다

땡볕과 바람
그리고 저녁노을과 밤하늘의 별빛이 모두 녹아든

# 廢寺址폐사지에서

이름도 없는
어느 폐사지에서
저녁노을에 그림자 길게 – 늘이어진
한 초라한 石塔석탑과 마주하고 있었네

어느덧
긴 세월의 풍상에 닳아진
석탑의 머리 위로 滿月만월이 떠오르는
적막함이여
화강암에 스며든 善德女王선덕여왕 시대의 달빛이여
애초 그 바윗덩어리는
이름 모를 石工석공의 정에 쪼아지고
다듬어진 후
통일신라시대 그때
밤하늘을 길게 가르던 流星유성이
뿌린 별빛이 검버섯 되어 울고 있으셨네

한때는 宇宙合一우주합일을 꿈꾸며 의연하던

아, 曼茶羅만다라여
탑돌이 하던 이
다 어디로 가고 크나큰 비움만 남기셨는가
역사는 겹겹이 쌓여 層층만 남기고
이젠 空虛공허 뿐이런가

이름도 없는
어느 폐사지에서
마른 이끼의 초라한 塔身탑신은 千年천년을 지나고도
아직도 그렇게 울음을 삼키고 있으셨네

# 水鐘寺수종사에서
### - 友村우촌 일행과 11월 모임 갖고


대웅전 앞
시들어 초췌한 芭蕉파초를 보다가
지난여름의 그 넓은 초록잎에
후들기던 빗소리에 젖어드네

오백년 古木고목 아래
황금빛 찬란한
은행 나뭇잎을 주우니
손끝에 노란물 가득하네

저 멀리 안개 낀 두물머리 내보이는
茶室다실에서
차를 마시며
茶山다산과 草衣초의를 짐작하니
三鼎軒삼정헌은
茶禪友다선우 이 셋을 말함이었나

鐘종소리를 듣지 못하고

내려오는 길

生생과 死사

만남과 이별

미움과 사랑을 생각하며

不二門불이문을 나서다가

비로소 듣네


가슴에 울리는

저 파도 같은 因緣인연의 波紋파문을

# 木魚목어

저 빈 공간을 울리는
波紋파문의 소리,
無智무지와 無明무명을 벗고 눈을 떠 보라고

水中수중의 온갖 물고기들
삶의 지느러미 흔들고 있을 때
너는 어쩌다
뭍으로 올라와
그것도 山中深處산중심처 절집에
매달려
木魚목어가 되셨는가

# 순리

저 꽃 언제 피냐고 묻지를 마라.
4월의 매화꽃 져버렸다고,
배롱나무꽃 언제 피냐고 재촉하지 마라.
6월의 수국이 지쳐간다고,
청아한 연꽃은 왜 안 피우냐고 묻지도 마라.
저 꽃들은
저마다 온전히 충실하여 피어나는 것이려니,
제때가 되면
꽃들은 언제나 스스로 피어나리니!

# 日蝕일식

어느 날

우주에서 떠돌던 새끼가
시꺼먼 망치로 되어 와서
어미의 정수리를 뜬금없이
깨부순다

부분의 타격에서 시작되어
이젠 완전한 絕滅절멸에
이르기까지

두꺼비
파리 삼키듯

살모사
제 어미 잡아먹듯

교미 끝낸

버마재비

숫놈을 잡아먹듯!

# 쉼터


三足烏삼족오의 태양이 뜬
가마솥 더위
뙤약볕 아래

노인네들
동구 밖 느티나무 그늘에서
쉬고

삽살개
툇마루 그늘에서
쉬고

실잠자리
냇가 풀숲 그늘에서
쉬고

개개비
연꽃 그늘에서

쉬고 있는데

팔월 땡볕 말고도
그을리고
달아올라
뜨거운 이내 心思심사는
어디에서 식혀야 하는가

# 어떤 인생

대동아전쟁 무렵
태어난 어떤 사람
신산만고의 역사 속 지나왔다네

이를테면
석 자 넘는 눈은 쌓여 일상이 정지된 설원의 도시,
고드름 상어이빨 되어 매달린 처마밑,
잉크병 얼어붙은 외풍 센 건넌방에서도
사랑과 신념, 인내를
꼭 부여안고 살아왔었네

그래서 모두가 땀 흘려 일하던
일취월장의 성장 속에서 고지를 향한 병사처럼
뒤처지지 않고 차근차근 잘 살아왔다네

지난 아날로그의 세월은
영어 못하고도 잘 살아왔네
컴퓨터 모르고도 잘 살아왔네

시쳇말로 성희롱,
갑질 하고서도 잘 살아왔다네

그 사람 얼마 지나면
처음 떠나온 그곳으로 되돌아갈 때 되어 가지만
이제껏 그렇듯이
남은 디지털 세상의 시간도
잘 살아갈 것이라네

이 세상 더 이상 뒤집어지지만 않는다면

## 신발에 관한 명상

그동안
새 신발을 사서 신장이 가득 차면
가장 낡은 신발 하나 골라
너무나 쉽게 버렸다
헌 신발은 쇼핑백이나 비닐봉지에 아무렇게나 싸
여져서
쓰레기 봉투에 던져졌다
나이를 먹어 내가 낡아져 보니
이젠 그럴 수 없다는 것을 알았다

그것은
초원이 아니라 거친 땅 위에서도
아스팔트가 아니라 진구렁 길에서도
익숙한 길이 아니라 낯선 곳에서도
비바람 맞으며
돌부리 차여도
가장 낮은 지면에서
묵묵히 불평 없이

갈수록 무거워진 내 몸 지탱해 준
치열한 나의 삶 한 조각인 것임을
저 험난한 파도의 바다를
나와 같이 건너온
일엽편주의 낡고 작은 배인 것을

나는 비로소
그동안 내가 버린 것은 헌 신발이 아니라
또 하나의 나 자신이었음을 깨닫고
이미 버려진
뒷굽 닳고 해진 그 신발들을 기억하며
이젠 비록 사은의 송별식은 못할망정
그럴 수는 없다는 것을
나는 알았다

# 蓮연, 緣연, 鳶연

- 유년의 기억 蓮연꽃
저승 보내는 만장의 깃대 속에
꽃상여 무늬로 장식된
분홍색 蓮꽃들,
각인된 그것은 소년이 되고
청년이 되어서도 마냥 무섭기만 하였지

- 이승에서 만난 緣연
보이지 않고
잡히지 않는,
가로 지르고
세로로 꽂히는 수많은 연줄에
언제나 풀 수 없는 허망에 빠졌었지

- 이제야 날려보는 鳶연
얼레를 잡고
감았다
풀었다

이젠 鳶을 날린다

그러나
팽팽한 긴장의 연줄을 끊어야 할 때
然연이나, 나 그러하니
저 독수리 날개 되어 너는
훨훨
자유를 마음껏 날아 보거라!
높이 높이 더 높이
에베레스트 雪山설산
정상에 이르기까지

# 생각

숲,
이라고 불러보면
바람이 생각나고
나뭇가지 사이 날으는 산새들 생각나고

늪,
이라고 불러보면
갈대가 생각나고
한 모퉁이 조용히 숨어 있는 조각배 생각나고

나,
심란하여 서성일 때
생각 떠오르는
엄마 품속 같은
그리운 그곳

# 새로운 鄕愁향수


地上지상에선,


연어가 바다에서 살다가
그들의 고향
수만 리 떨어진 강으로 돌아가듯,
뱀장어가 강에서 살다가
그들의 고향
수만 리 떨어진 바다를 찾아가듯


地球지구 밖에선,


이 푸른 별에서 우리들 머물다
이제 끝났을 때,
육신을 떠난 우리 영혼은
몇 億劫억겁 떨어진 玄妙현묘한 宇宙우주 속
그 이름도 모를
어느 行星행성의 물가로 돌아가야 하는가!

# 지는 목련꽃

순백의 裸婦나부로
육감적인 어제의 저 모습
어디로 가 버리고,
지친 개 혓바닥 되어
누렇게 마른 누더기로 누워 있네

사람도 그럴 수 있다

# 제3부

# 미완의 고백

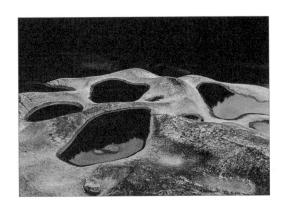

# 詩作<sub>시작</sub>의 어려움, 그 이유

시인이든
음악가이든
예술가들의 명작은
불우 속에서
나오는 것이라는 말이
東西古今<sub>동서고금</sub>의 진리라는데
– 나에게 대입해 본다

이를테면
사춘기 시절 그 당시
누구에게나 있을 법한
가난했던 것,
고독했던 것,
失戀<sub>실연</sub>했던 것,
그리고 전혀 생각지도 못한
친우의 죽음과 마주했던 것,
이 같은 주름들이

한때 나로 하여금 詩시를 쓰게 했지만

그 후로

이 풍진 세상에 휩싸여

열심히 살며

그런대로 순탄 원만하게 살다 보니

도통, 글발의 始作시작이 싹 띠울 여지가 없더니

새삼,

노년에 들어

詩心시심을 꺼내려고 낑낑 고민해 보았자

당신은 글을 가슴이 아니라 머리로 쓰려 한다고

아내의 뼈 있는 비평을 들을 뿐,


그렇다고

이 세상에 나와서 철든 후부턴

나 홀로 시작하여

이제는 가솔이 열네 명이 된 지금에 와서

뜬금없이

푸른blue 빛의 불우를 豫期예기할 수는

더욱 없는 것이리니,
詩作<sub>시작</sub>의 어려움은 진실로
여기에 있다네

# 未完미완의 고백

霧山무산 스님의
하루살이 떼는
뜨는 해도
지는 해도 다 보았지만

숲속에 섰던 나는
이 길 저 길 서성이다가
겨우 발걸음 뗀 길목에서도
또 바자니다가
어느 것 하나 온전히 찾지 못하고
　　　그저 한때의 환희
　　　　　한줌의 권력
　　　　　한때의 고통
　　　　　한숨의 슬픔 속에서
흐르는 물속의 말미잘처럼
몇 줌의 사랑에 취하여
해도 달도 별도
제대로 보지 못한 채

이승에서 허깨비만 쫓아왔다네
　- 그렇지만 나는 알 몇 개
　　까고 가니 다행이런가 -


고독이라는 고향을 떠나온 후
이젠 파장머리에서 귀향 채비를 하며
비로소 나는 告白고백하오니


이보시게,
한평생 만진 것 모두 未完미완의 손만 쥐고 가는
천학비재의 이 무지렁이를,
그저 이기기만 하려 했던 나의 지난 날들을,
부디 굽어살펴 주소서
나의 知音지음이여!

# 아직도 철 모르는

철에 맞추어 피는 꽃나무가
철 모르고
꽃을 피우는

철에 맞추어 이동하는 철새가
철 모르고
그대로 머문

겨울이 시작되어
달포가 지나서도 꽃망울을 터트린
저 철없는 木蓮목련이

가을비 깊어지고
서리 내린 벌판에서 아직도 비행하는
저 철없는 제비가

봄소식은 아득한데
울타리에 옹기종기 모인

저 철없는 개나리가

아, 어쩌나 나이 맞추어 살아야 할 이 나이에
아직도 헤매이는
저 철없는 도요새 같은 나에게

# 銀河 은하 철도

어느 날인가
차표 한 장 달랑 손에 쥐고
열차에 오른 한 사내아이 있었네
종착역이 어디인지도 모른 채

풍경이 변하는 차창 밖으로
펼쳐지고 또 사라진,
연록색 초원의 온갖 들꽃이여
노란색 들녘의 황금벌판이여
아지랑이 아른대던 끝모를 지평선이여
그리고 선홍색 물들었던 저녁노을이여
때로는 박명의 새벽을 짙게 가리던 안개며
차창을 무섭게 때리던 빗줄기와 진눈깨비여

빛과 어둠을 교차하며
지금도 쉬지 않고 달리고 있는 이 열차는
은하수를 건너
이젠 어느 星團 성단을 가르고 있는가

문득 창밖을 내다보니
이제야 비로소 보인다네,
어둠의 차창에 얼비치는
한 늙은 사내의 얼굴과 모습 –

이젠, 누군가 나에게 말을 해다오!
이름도 모르는 簡易驛간이역을
그저 몇 개 스쳐온 내가
어느 驛舍역사 앞에서 내려야 하는지를

# 빵에 관한 小考 소고

빵맛을 제대로 알지도 못하던
남루한 시절부터,
눈물 없는 빵을 먹어보지 못한
사람과는 인생을 논하지 말라던
그 빵을 얻기 위하여
얼마큼 고난의 길을 걸어 왔던가
손톱 밑에 끼인 때를 쳐다보며
뜬눈으로 지새웠던 그동안의 긴 밤은
얼마나 많았던가

또한 빵맛을 겨우 알기 시작한 때,
인생은 빵만으로
살 수 없다던 그 한마디 때문에
얼마나 자유의 날개를 그리워하며
무거운 깃발을 흔들어야 했던가

그렇게 살아오다
이제야 제대로 빵맛을 알게 된 후,

진정 살아 있음을 실감하는 것은

醱酵발효 잘된 반죽이

오븐에서 노릇노릇 갓 구워지는

빵의 향긋한 냄새와 쫀득한 食感식감을

지금 바로 그리워할 때!

# 東方朔동방삭으로 태어난들

이 세상에는
珠玉주옥같은 문장이
그 얼마나 많은가

이 세상에는
心琴심금을 울리는 음악
가슴 아리게 하는 아름다운 그림
마음 설레게 리비도 깨우는 여인
영혼을 빼앗는 황홀한 것들
왜 그렇게 많은가

일백이십 년을 다 살아도
오마쥬는커녕 맛도 제대로 못 느낄
영원한 未完미완의 숙제인 것을
아니, 三千甲子삼천갑자 東方朔동방삭으로 다시 태어난들
　　　다만 바닷가의 모래 한 알
　　　　　　巨樹거수의 작은 한 잎사귀
　　　　　　九牛구우의 한 터럭지도 되지 못할

有限유한에의 절망이여

지금 이 시간에도 새롭게 태어나는
저 不朽의 명작을 그냥 두고
어쩌란 말이냐
　아, 미치겠다야~

# 假面舞蹈會 가면무도회

잎새 다 떨쳐버리고
까치집 드러낸
12월 겨울 裸木나목 아래에서
내가 또 다른 나를 쳐다본다
一生일생이 4幕막이라면
이제는 나의 뒷모습 보이는 時間시간에

한때는 크리스탈 샹들리에 불빛 아래
건배의 銀盞은잔 부딪치던 소리
난무하던 가면무도회에서
成年성년이 되어 쓰기 시작했던
그동안의 가면이 얼마나 다양했던가
- 讚揚찬양의 가면
- 僞善위선의 가면
- 비겁의 가면
- 심지어 忍者닌자의 가면까지도
때로는 招待초대받지 못한 不請客불청객이어서
숨어서 마련했던 또 다른 가면은

얼마나 많았던가

이제 幕間<sup>막간</sup>의 피에로도 의상을 벗은 시간
발밑에 수많은 가면을 디디고 서서
내가 또 다른 나를 쳐다본다
假面舞蹈會<sup>가면무도회</sup>가 이미 끝나고
이제는 나의 뒷모습이 보이는 시간에

# 모래시계

맨발로 모래톱을 거닐다가
금빛모래의 부드러움에 취한
내 젊은 시절 어느 날
이 세상에서 갖고 싶은 것 만들려고
한 움큼의 모래더미를 쥐어 보았네

그때
가득 가득
힘주어 움켜쥘수록
손가락 사이로
사 르 르
　빠
　　　져
　　　　　버린
내 지난날의 어설픈 초상,
그 허망함이려니

회한의 노래

이제사 불러 보는데
아, 어쩌나
내 옆에 있는 저 모래시계는
지금도 사르르 사르르
시간을 졸이고 있으니

# 전혀 아니올시다인 것
### - 늙은 지아비의 노래

한때는
아내가 여행이라도 떠나
나 홀로 있으면
해방의 자유스러움과
逸脫일탈의 기대감에 가슴이 들뜨고
때로는 호젓한 안정을
맛보기도 했건만

이젠 전혀 아니올시다, 이네

무엇을 해야 할지 몰라
無聊무료한 시간은 더욱 늘어지고
단 한끼의 식사
한줌의 숙면도
초라하여 낯설고 어색한 모습일 뿐!

비록 한 사람은 신문을 보고
한 사람은 T.V 연속극에 빠져
그 간격 사이에서 無心무심한 대화였을지라도
한 공간에 같이 있었다는 자체가
너무나 고마워 그리웁네

내가 집을 비웠을 때도
아내가 겪었을 똑같은 서성거림을 생각하니
눈물덩어리의 그 애절함 이젠 알겠네

며칠의 不在부재에도 그러한데
만약 두 사람 중 한 사람이
어차피 먼저 떠났을 때
남은 사람 얼마 동안 어떻게 살고 있을까
미루어 짐작하니
생각조차 이 더욱 아득하고
깜깜절벽 속이네

산 넘고 물 건너

여기까지 오다 보니

손에 잡히는 건 아무것도 없이

이젠 전혀 아니올시다, 이네

# 제4부

# 치유의 눈물

# '미안해'라는 말

젊은 날의 사랑은
미안하다는 말을 하지 않는 거였다
'Love means never having to say you are sorry'

세월이 가고 가
이젠 '미안해'라는 말
하고 싶어도
세상에서 가장 어려운 말이
되어 버렸다
'Sorry seems to be the hardest word'

설령,
'미안해'라고 일부러 해 보아도
'~했다면'이라거나
'그런데, 하지만'을
덧붙이지 않고는

어디
말하는 법 가르쳐 주는 곳 없나요!

# 치유의 눈물
### – 추상표현주의 거장, 마크 로스코 展전을 보고


마크 로스코
어두운 채플방의
다크 페인팅 앞에서만
명상과 沒入몰입으로
기꺼이 왜 눈물을 흘리는 것일까


아니다


어느 궂은 날
잠깐 나왔다 사라지는 여우별에서도,
저 밤하늘을 가르는 유성에서도
눈물이 난다


깊고
깊은 마음으로
그들과 周波數주파수를 맞출 수만 있다면,
내 속의 산소, 수소, 탄소, 질소……
이것들이

우주 어디에서 비롯된 것이며

또 어느 별로

되돌아갈 것인가를 생각할 수 있다면

# 그곳, 프로방스와 코트다쥐르


아를
아비뇽
고르드
마르세이유
장밋빛 도시 툴루즈를 거쳐
엑상 프로방스
생폴 드 방스
모 나 코
니 스
에 즈의 이른바 남프랑스 旅程여정


네이비 스트라이프의 티셔츠를 입고
고흐의 밤의 까페에서
에스프레소를 마시며
폴 세잔
마 티스
마르크 샤갈의 苦惱고뇌의 숨결을 느끼고
몬테 크리스트 백작

생 텍쥐베리
그리고 휴양하던 니체
그레이스 켈리의 喜悲희비의 발자취까지
훔쳐보았네

# 그리움

샌디에고 가는 길
샌 후안 카피스트라노* 수도원
그곳에 제비 돌아왔는가

성 요셉의 날도 지났으니
제비의 귀환 축제도
이제 끝났는가

수도원 정원 연못에는
연꽃들 피었고
무너진 돌담 한 모퉁이에는
히비스커스 피고 지고
지고 피고 있는가

너를 향한 붉은 그리움으로
하마이카* 차를 일부러 찾아
마시고 있는데
티브이에선 우연하게도

선홍색 짙은 히비스커스 꽃잎 크게 확대된
어떤 씨에프 광고가 흐르고 있네


* 카피스트라노 수도원 : 1776년 스페인이 세웠고 캘리
  포니아 주에 있으며 봄에 'Return of Swallow' 축제가
  열린다.
* 하마이카 : 히비스커스 꽃잎으로 만든 음료, 중남미에
  선 '자마이카의 장미'라고도 불리운다.

# 뒷모습

검은 녹색 프록코트에 스틱을 쥐고
안개 낀 바닷가 암석 위에 서서
저편의 흐릿한 遠景원경과
바위에 몰아치는 거친 파도를 응시하는
결연한 의지의 뒷모습

'다비드 프리드리히'*의
'안개 바다 위의 방랑자'를 처음 본
젊은 시절 이후
나의 마음에 자리한
그 뒷모습에 고독한 실루엣은 깊이 패여져
刻印각인이 되었다.

그 후 나는 다짐하였다
앞모습의 가벼움보다는
뒷모습의 침묵과 무거움을 보이고 싶다고

저 멀리 山頂산정에

雪山설산은 보이고

청명한 푸른 하늘에 독수리 한 마리

날고 있는 저 평원에서

대나무 지팡이에 의지하여

托鉢탁발을 마치고

절집으로 돌아가는

긴 그림자의 수도승처럼

나도 이제

그렇게 뒷모습 보이며

남은 길 걸어가고 싶다

* 카스파 다비드 프리드리히(1774-1840) : 독일의 낭만주
  의시대 화가로 뒷모습의 인물을 주로 그렸다.

# 그럼에도 불구하고

1. 불안과 고독
멜랑꼴리의 "에르바르드 뭉크" 그림이라면
〈絶叫절규〉만 떠오르지만
그럼에도 불구하고
〈별이 빛나는 밤〉과 〈생명의 춤〉이 있는 것같이
삶은 좌절만이 아닌 것

2. 열사의 사막에
홀로 서 있는 아까시아 싯담나무는
운명을 원망하고 서 있는 듯하지만
그럼에도 불구하고
수백 미터의 뿌리를 뻗치는 것같이
삶은 광야에서 물기 찾아가는 것

3. 나무상자에
갇힌 채 자란 한 그루의 호밀에게는
절망만 가득하겠지만

그럼에도 불구하고
잔뿌리의 총합이 시베리아철도 길이만큼이듯
삶은 살아서 움직이는 경이로운 것

# 학鶴과 구름에게

## – 고려청자 雲鶴文梅瓶운학문매병을 보며

秘色비색의 하늘을 뒤로한 채
그 속에서
억만 년 전 구름이 신음하고 있는 걸 보았다
천년 된 학의 구슬픈 울음소리도 들렸다

비취색 하늘 속에
象嵌상감 되어 붙박힌 저 구름떼들은,
천년이나 울음소리 감춰온 저 학들은
왜 바람 따라 마음껏 흐르지 못하고
왜 날개짓커녕 오금도 펴지 못하고 있는 것인가

나는 지금
몇 세기 지난 후
어느 박물관 전시장 유리창을 통하여
너를 응원한다

아직도 말없이 化石화석처럼 남아 있는

구름떼, 학무리 그대들이여!

매끄런 표면 위 균열된 틈새로 빠져나와

이젠 부디 흐르고 멈추다가

다시금 표연히 흘러가기를

이젠 부디 넓고 긴 날개 펼치고

한 번쯤은 자유로이 또다시 비상하기를

餘滴여적과 閏秒윤초

히라노 게이치로의
分人主義분인주의 에세이 '나란 무엇인가'를
읽다가 食怯식겁하여
생각의 우물에 빠졌다

- 軟体動物연체동물마냥
탄성을 잃은 채 나는
실루엣만 남았구나

- 空間移動공간이동이 많더니
이제 나는
餘滴여적으로만 남았구나

그러나
할 수만 있다면
화살의 時間시간 속에서
차분하게
窮理궁리를 익히는 시간,

閏日 윤일이 아니면

閏秒 윤초라도 되어야겠구나,

하는 생각에 젖어든다

# 눈을 감으면

이젠
가끔 눈을 감아 보리라
그동안 언제나
온갖 빛들의
화살로부터 벗어나게

눈을 감고 호흡을 고르고 난 후엔
귀를 쫑긋하고
듣고자 했던 소리 들리지 않던
비발디의 사계, 각각의 현과 활 소리
비로소 듣게 될 터이니

눈을 감고 호흡을 고르다 보면
핏발이 서도록
찾고 찾아도 보이지 않던
렘브란트 그림의 그 빛과 그림자도
비로소 보일 터이니

태어나서 시작된
끝날 줄 모르는 욕망과 집착으로
듣고 보지 못했던
그 고통과 슬픔의 덩어리 던지고
눈을 감으면
들리던 주파수 이상의 음파까지도
빛을 발하던 어둠의 그림자까지도
들리고 보일 터이니

그동안 언제나
온갖 빛들의
화살로부터 벗어나,
자유로 가는 날개여!
이젠
가끔 눈을 감아 보리라

# 새로운 길
### - 들개 선언


나는 들개가 되기로 했다


나도 처음에는 주인과 숙식을 같이한
배부르면 재롱 떠는 반려견이었다
어느 날 갑자기
주인은 사라지고 내가 버림받은 걸 안 날부터
기다리고 기다려 보았지만
허무한 날만 계속되었다
그후 우연히 만났던 나 같은 친구들과
어울려 다니다 보니,
어쩌다 그렇게 유기견이 되어 있었다


그동안 나는
굶주린 배를 움켜쥐고
맛있는 음식은커녕 무엇으로 요기를 했겠느냐
추적추적 비오는 날에는
어느 곳에서 마음 편히 쉬었겠느냐

나는 처음부터 가출한 것도 아니고
들개로 태어나지도 않았다
그러나 나는 들개가 되기로 했다

어느 날인가는 사람들에게 포박되어
덧없이 사라진다 해도,
이것도 나에겐 어쩔 수 없이
피할 수 없는 새로운 길인 것을

# 풀무치를 위한 명상

이제 곧
갈색으로 물든 초원에도
서리가 내릴 거야
진눈깨비 내릴 거야

남들이 그렇게 말해서 그렇지
어쩌면 짧지도 않은
일생을 마감하는 11월 가기 전
이젠 가까이 오라
별빛만으로
이슬만으로 살 수 없는 것
이미 알고 있나니
비벼야 산다
비벼야 산다 마지막까지

삶은 그저
한 조각 구름인 것을
한줄기 스치는 바람인 것을

하지만 죽어서 비로소 살고 이어지는 것
또한 알고 있나니
이젠 가까이 오라
예측하지도 않은
자전거 바퀴가 우리들 몸을 지나갈지라도

비벼야 산다
마지막까지 비벼야 산다
비록 경건한 이 의식이
情死정사라는 마침표가 된다 하여도

# 노을진 바닷가에서

맑고 큰
유리창 어느 사이 깨졌나,
붉은 노을 커텐이 펼쳐지며
바닷새 어지러이 날으는
하루 저무는 이 시간에
걸어온 길을
되돌아본다

인생은 혼자서
길 없는 숲을 가는 것,

어깨 너머 저 숲속에서
그동안 길을 내며
새로 맞이했던 一幕일막, 二幕이막…
어제까지도 모르던 새 얼굴을 만나며
또 헤어졌거늘
그 因緣인연은 어디서 온 것이었던가

노을엔

한두 폭의 情炎정염이, 폭풍이, 忍苦인고가

이젠 구름이 되어

아직도 몇 조각 남아 있기에

더욱 莊嚴장엄하고 아름다운 것


오늘도 저무는 이 시간에

남은 시간 새로 맞이할 時節因緣시절인연은

또 무엇일까 생각하라고

이 침묵의 어스름 속에서도

海潮音해조음은

끊임없이 가고

또 오는 것인가

# 省墓前夜 <sub></sub>성묘전야

갈대 숲
무성한 湖畔호반엔
回憶회억이 가지마다 흔들리고

쪽배 타고
물 건너가는 길엔
교교한 달빛 내린
물결의 주름마다
幽玄유현하게 울리는 영혼들의
바자니는 소리 들린다

검은색과 흰색만의 모노크롬 풍경 속에서
흔들거리며 물살을 가르는데
저 하늘엔 아직도 比翼鳥비익조 날으는가
저 숲속엔 連理枝연리지 엉켜 있는가

그 옛날
신작로에서 내려

114

눈두렁 길로 가다가
無限川<sub>무한천</sub> 외나무다리 건너
뽕나무 복숭아 밭길 지나서
산길로 한참 오르던 이 길이
이제는 호수가 된 지름길로 가지만

달 뜬 밤
省墓前夜<sub>성묘전야</sub>의 고향 찾는 길은
퍽이나 길~다

# 그가 나였네

日常의 무디어진
감각이
갑자기 눈을 뜨는 때가 있지
얼마 전
수염을 다듬으려고 거울을 보는데
나는 아니고 낯선 모습에
웬 노인네인가 했더니
아니, 돌아가신 아버지였네
닮지 않으려고
그렇게 발버둥치며
거부했던 바로 그 모습
며칠 전
세면대 거울 앞에서 머리를 빗다가
나는 아니고 낯익은 옆모습에
웬 노인네인가 했더니
바로, 돌아가신 어머니였네
살아생전
그렇게 닮지 않으려고

거부했던 바로 그 모습

또다시
세월은 흘러
遺傳子유전자와 게놈이 복제되고
염색체와 DNA가 이어질 때
내가 아닌 나의 후손들은
무디어진 日常일상의 습관 속에서
거울을 보다가
갑자기
감각이 새것처럼
비로소 눈을 뜨는
그때가 있으리

# 제5부

# 눈 내린 광야에서

# 벚꽃


4월의 봄비는
만개한 벚꽃을 다 떨치네
꽃비로
나비 떼로

나도 떨어지네
莊子장자의 나비가 되어

# 1월

깊어진 겨울 어느 아침
베란다 찬 유리창에 이마를 대고
창밖 정원을 내려다보는데

부지런한 비둘기 한 쌍
모이를 줍고 있다
조금 있으면 참새 떼 다녀가리라
곤줄박이는 홀로 와서
산수유 열매 따고 있다
노란색 길고양이 까치 잡으려고
나무 기어오르고 있다

거실에 돌아오니
성탄절 무렵 보내온 포인세티아 붉은 잎새
아직도 눈이 아프다
오래된 게발선인장은 진분홍색 꽃
올해도 피기 시작하였다

이곳이 山房산방은 아니지만
커피 대신 茶차를 내린다

얼마 있으면
철없는 목련꽃 봉오리 움틀 때
긴 겨울을 지낸 정원 모퉁이
돌확 속 얼음은 녹고
봄이 오면
그곳으로 꽃잎도 몇 개
또다시 떨어지리라

# 6월의 노래

연두색 숲이 어느새 청록색으로 바뀐
갈매빛 6월에는 나도 詩시를 쓰겠네

보리가 익어가는 보리밭 물결은
저렇게 파도치는데
밤꽃은 남정네의 비린내를 무시로
저렇게 쏟아 내는데
무더기로 핀 넝쿨장미와 찔레꽃의 향기는 짙고
뾰족한 가시는 날카로워지는데

바람 이는 갈대숲에선
개개비가 하루 종일 지저귀는데
모를 심은 논에선
개구리가 푸른 울음을 우는데
장끼 우는 어느 산기슭에선
지금쯤 꽃배암이 돌각담 사이로 스스로 숨어들 터인데

햇볕이 화살로 저렇게 내리꽂히는
갈매빛 6월에는 나도 詩시를 쓰겠네

# 그해 여름날

여름 방학마다
큰댁에 갈 때면
기차 타고 버스 타고
그러고도 자갈길 신작로 시오리 길

초록의 산언덕 위 뭉게구름 드높은데
키 높은 포플러나무 쓰르라미 시끄럽고,
우물가 개복숭아 붉은빛으로 물들면
수수밭 고랑엔 두더지 집을 짓고
마당엔 빨간 잠자리 떼 어지럽게 춤추는데
콩밭 옆 또랑엔 버들치 유영하고
밤에는 모깃불 피운 멍석 위에 누워서
별자리 찾으러 무수한 별들 헤아리던 곳,

그 시절엔
검은 매지구름 갑자기 몰려와
소나기라도 맞으면 더욱 좋았지

어느 날은
여름 비 물러가며
무지개 띄우면
옆 마을 어디까지 찾으러 갔던가

아, 이제는 돌아갈 수 없어
슬퍼야 할 저편의 풍경,
세월은 흘러 지구도 변하고
나도 변했건만
그래도 나에겐 또바기 끝나지 않은
그리운 여름날이리!

# 소나기

창가까지 파고든
대추나무 여린 잎새에
빗물이 고여든다

돌확 속에 모여 뜬
수련 잎새에
빗물이 튕긴다

마당가 무리 지은
파초 큰 잎새들은
빗소리 퉁기며
첼로음을 연주한다

게으른 詩人시인은

영롱한 소리에 놀라

도망간 영혼을

잡으러

모처럼 책상에 앉게 하는


한 여름날 소나기

# 9월

아침 산보길,
생애를 다한 매미 한 마리가
숲 모퉁이에 누운 채
너덜거리는 날개만
겨우 흔들고 있는 걸 보았다

겨우 남아 있는
밤송이 몇 개 아람 들더니
바람도 없는데
알밤 몇 알이
저절로 떨어진다

15일 자정,
무인 토성탐사선 '카시니'호가
죽음의 다이빙으로
마지막 임무를 마치고
장렬히 산화할 것이란 뉴스가 있었다

해저문
서쪽 밤하늘엔
별똥별 길게 꼬리 긋더니
우주공간으로
영원히 사라진다

아! 모두들 수고 많았다
할 일들 다 잘했구나

# 9월이 오면

"9월이 오면"
이라는 이 말 한마디에
"Come September"의 경쾌한 멜로디가 떠오르는 이때
금빛 햇살은
들녘에 황금실 고르게 나누어 주고
단풍나무 잎새에 떨어져 부서지고 있겠지요
그리고 코스모스와 들꽃 향기에 더하여
흙냄새 위 낙엽의 내음이
대지에 가득하겠지요

그대, 9월이 오면
청량한 바람에 강물들 앞서거니
뒤서거니 윤슬 반짝이며 바다로 흘러가는
강가에 가지 않을래요
갈대숲 노래를 듣다가
하루해 저물어 황혼빛 스며들면
강변 들판의 눈부신 하얀색 사일리지梱包 위에
미처 말지 못한 건초더미 위에

주홍빛 노을이 번지는 것 지켜보지 않을래요

그때, 우리들 모처럼 두 손을 마주 잡고
지나온 삶의 밝음과 어두움 헤아리며
그분께 고해성사 할 수 있으리니
그대, 9월이 오면
온종일 강가 들녘에 이젤을 세우고
빛과 그림자 印象인상을 그리던 클로드 모네-,
그 뒤를 도시락 챙겨 오롯이 뒤따라가던
그의 상냥한 아내와 같은 모습으로
그대, 9월이 오면
내 곁에 있어 주지 않을래요
우리도 9월엔 모네의 강변을 걷게

# 시월 달

가을바람이 소슬하다
해저문 저녁 공기가 청량하다
달 뜬 밤 귀뚜리 소리 처량하다
초승달이 피곤한지
느티나무 끝가지에 걸터앉아 쉬고 있다
나는 무언가 부족하여 처연하다
상현달이 되면 나는 설레이기 시작한다
얼마 후
너는 큰 풍선 되어 우주 속으로 날아갈 것이다
그때는
나도 다시
그냥 충만해질 것이다
만월이 되면
그리운 얼굴 찾아볼 수 있으니

# 첫눈

첫눈이 온다
겨울로 가는 길목에서
안단테로 첫눈이 내린다
아직 매달려 있는 붉은 단풍잎에
이미 떨어진 황갈색 낙엽 위에도
어느덧 쌀가루 같은 백설이 덮인다
하느님 은총 같은
부처님 공덕 같은
첫눈이 대지 위에 쌓인다

나는 첫눈이 오는 날
누군가와 선약이 있을 것만 같아
눈까지 감고 생각해 보지만
이제는 분명
아무런 약속이 없는데도
하염없이
저렇게 첫눈은 쌓이고 쌓인다

# 12월 素描소묘

대설주의보 내려진 날
앙상한 아까시 나뭇가지에
까치는 몇 번 울다가
어디론가 떠나고

일찍이 노란꽃
초록잎 내다 버린
산수유 빈 가지마다
초롱진 열매는 더욱 붉기만 하다

한 여름내 파촛잎
그늘에 살던 청개구리도
낙엽 이불 속으로
벌써 겨울잠 들었다는데

계곡의 얼음장 아래
흐르는 물소리는
무엇을 노래하는지

밤잠까지 설쳤다 한다

아무리 暴雪폭설이 내리고
寒波한파가 닥쳐도
찬란한 봄은 저기서 기다린다고!

# 12월 有感유감


너에게
사과 한 알 주지 못했던
남루한 시절에도
12월이 오면 거리에서
크리스마스 캐럴이 들렸다
종교조차 필요됨 없이
스스로 아나키스트가 되어
외투깃을 올리고 외로운 가가街角을 돌아서던
그 시절에도
12월이 되면 어디에선가
크리스마스 캐럴이 울렸다

그 후 몇 개의 공화국共和國이 가고
또 오고 가
자유민주주의가 충만한
이 시절의 12월이 또다시 왔는데
캐럴 송이 사라진 거리는 황량 삭막하다
거리는 더욱 부유해지고

엘이디 조명은 더욱 휘황찬란한데
한 해를 보내고 새해를 맞는
축제의 음향은 어디로 사라지고
프로파간다의 소음만 요란한 것인가


오, 12월이여
몇 세대를 건너뛰고
어쩔 수 없이 또다시 아나키스트가 된,
삼한사온조차 없어진 나의 12월 겨울은
현동玄冬이고 궁동窮冬이다

# 또다시 한 해를 보내며

높새바람 불고
대설주의보 오더니
한 해가 또 저문다

주위의 경치는
수묵화마냥
晦明 회명의 중간쯤에서
고적하기만 하다

남아 있는 며칠간
不在 부재하는 것들에 대한
그리움을 삭이면서
이제 작은 흔적이라도 남겨야겠다

게을러서 그냥 두었던
안방 장롱의 헐거워진 문짝을 조이며
느슨한 마음줄도 다시 調絃 조현하리라

더 이상은

이 나이에 푸서리길 가지 않도록

허방에도 빠지지 않게

# 눈 내린 曠野광야에서

높은 산
깊은 계곡에 숨어
말없이 흐르는 겨울 강,
순백純白의 대지는 필름이 끊겨
정지된 흑백의 畫面화면,
산정山頂의 늙은 소나무 하나
실루엣으로
흘러간 古典名畫고전명화처럼
가슴 저미게 하는데,

저 침묵의 공간 속
오직 살아서 움직이는 것이라곤
독수리 한 마리
까만 점 하나로
날고 있을 뿐

# 제6부

# 어부의 노래

# 漁夫의 노래

紅보석으로 빛나는 黎明에 우리는 出港했지
아직 네온의 사람들은 깊고 어두운 바닷속에 潛水
해 있을 때
이 외딴 12月의 夜半을 걷어차고
새벽을 짊어진 健康
우리는 明滅하는 새벽의 基地를 가르며
出港했지

意志와 忍耐로 굳혀온 血管엔 진한 소금기
힘차게 당기는 돛 줄에 나부끼는 가난한 우리 젊음아
그리고 머리 위에 同行하는 12月의 추운 바닷새야
오늘은 왼종일 黃金의 팔일 것을 期約하며 우리는
遊擊隊처럼
出航했지

새벽의 푸른 薄明에서도
서로이 번득이는 눈동자에는 精彩,
이젠 서로가 다 開放해 놓은 門인 것을

문득 起床 때 우리에게 義務지게 한 아내여
당신의 여린 呼吸 언저리에서
안개처럼 항시 일고 있는 우리들 생활의 密度를
깊은 숲가의 새벽을 가로지르는 執念의 빛을
단 하나
당신의 指環 가에서
항시 輪廻하는 나의 純粹를
아내여 想起하는가


언제나 인내로만 襤褸해진 나의 食口여
우리는 우리가 떠난 故鄕을 잘 알고 있지
그물을 던지고 引揚하는 우리의 作業
三十에 가까운 靑春을 건지고
人生이라 이름하는 슬픔과 歡喜를 건지고


그리고 때로는 戰慄과 魔性을 일깨우는 本能을 引
揚하고
비늘처럼 반짝이는 海面의 呼吸에 눈 시린 하루
아, 우리는 여기에서 意志의 팔뚝으로 戰鬪를 한다

146

어제의 激戰地

돌아오는 길목에서 暴風은 일고

鳥女 '세이레네스'의 誘惑의 노래를 우리는 記憶

하고 있지

또한 하넓은 大海에 소리 없는 亡靈은 서성이고

그러다가 교차하는 間歇의 對話

우리의 亡靈들은 언제나 우리의 고향을 지킨다는

것을

그러나 아내여

이 외딴 12月의 夜半을 걷어차고

새벽을 짊어진 건강으로 黎明을 가르며 出港했듯이

남루가 輪舞하는 당신의 指環 가에서

다른 槪念이 없는 우리의 私有를

항시 濃霧처럼 짙게 일고 있는 生活의 密度로

가득 채우고

滿船으로 돌아오는 우리의 執念의

意味를 또한 알고 있지.

# 살바도르 달리의 시간

木製의 시간을 알지요
창밖의 나무
문밖의 나무
거리의 나무, 나무 나무가
모두 일어서는 나무의 시간

정지된 思辨의 나뭇잎
나무 사이에 悶絶은 일고
사이엔 牧神이 자고
기울어진 어깨의 線처럼
모서리를 이루는 面처럼
木製의 기울어진 과정의 시간

剝製의 시간
문안의 동물
창 안의 동물

거리의 동물이 모두 失神한

시간을 알지요

# 戀歌

이제 해 저문 깊고 어둑한 숲가에서 나는 「마르
땡.듀.가아르」의
灰色 노트의 두터운 표지를 닫는다.
그리고 허술한 軍靴끈을 다시 조인다.
그리고 또 나는 부드럽고 흰 禮式用 장갑을 낀다.

十一月
밤 숲의 濕度는 나의 微熱을 이마에 느끼고
새 돋는 푸른 별을 바라보며 하나씩 나는 記憶한다.
일찍이 써 본 적이 없는, 아내여 너의 面紗布를
아무 염려 없이 어리게 손목 잡혀 이끌릴 나의 이
름 없는 嬰兒를
나무 숲 사이에 이는 바람도 모르는
未知의 運命을 사랑하여
肯定한 한 내 슬픔의 덩어리를
記憶한다.
어둠에 차서 무거워진 언제고 가난했던 靈魂의 歎
息을

해를 두고 吟味해 온 그 觀念의 純粹를
그래서 갈수록 쓸쓸해진 나의 思辨의 成熟을
두려움에 싸인 채 現象에 뒤따른 나의 俗性을
이제 나는 점차로 내 살 속에 스미는 주위의 어둠
의 안개 속에서
回憶하면서
愛日의 긴 그림자를 추위한다.


어둠 속으로 스며든 긴 까만色의 餘韻의 모습을
記憶하면서
억울한 지난 세월과 認識이 스스로 잠깨는 時間,
아내는 기름이 타는 燈皮를 자꾸만 닦고
通風 잘된 방 안에서 生活의 실꾸리를 풀고 뜨개
질 할 것을
아가의 양볼엔 우리의 重量이 늘어날 것을
나와 아내는 아무런 부끄럼 없이 이웃을 사랑했을
것을
결코 傲慢하거나, 경솔하지도

因衣를 마련하지도 않는 조그만 信仰의 生活일 것을

아내여
멋쩍은 가난한 生活일 것을
하지만 아무에게도 원망 없는 宥和의 季節일 것을
조그만 그저 母語와 잉크와 畵具와 가끔의 旋律
속에서
庶民的 日常일 것을
숲가에서 十一月 밤 이른 눈이 모두모두 내리는 것
을 바라보면서
억울해서 가난한 나의 추위를
思索의 破片을 무거워하며 이제 降雪期에 나 스스
로 돌아가는 時間,
憤怒로 나는 充血한다
잃어버린 지난 너와의 모든 것을.

아내여
사나토리움에 내린 아내여,

나는 숲가에서 손을 내저으며 神의 도박을 마구
욕지거리한다.
이제 저문 깊고 어둑한 숲가에서 나는 「마르
땡.듀.가아르」의
灰色 노트의 두터운 표지를 닫는다.
그리고 허술한 軍靴끈을 다시 조인다.
그리고 또 나는 부드럽고 흰 禮式用 장갑을 낀다.


十一月
밤 숲의 濕度는 너의 微熱을 아프게 이마에 느끼고
그리고 나는 아직도 한 가지를 분명히 더 안다.
아내여
이 숲가 사나토리움에 내린 내 아내여,
이 세상에서 가장 가난한 너는 새를 날리는 것을
아무에게도 理解 안 된 思辨의 잎을 따며 가녀린
손가락
사이로 시작하는 飛翔을
아직도 神은 새를 기른다고 하면서

숲가에서, 이른 눈이 모두모두 내리는
습도 짙은 저문 숲가에서 뒷걸음질하며 새를 날리
는 것을.

# 夜行 後

夜半에 놀라 문득 깨어 白馬의 울음소리
말발굽 소리를 듣네
憂愁가 가득하여 濕度 짙은 正立方體의 한가운데
에서
이제 막 窓밖으로 疾走한 말발굽의 餘韻을
거세인 콧김까지를 보네
咸鏡道 會寧地方의 雪原을 누비던 大陸性의 그
말의
울음이라네
남루가 유령처럼 어두운 방 안에 걸려 있고
이제껏 달려온 이 다리의 中間에서 回憶하면
지난밤에는 너무 걸었어
버릇처럼 夜行 後 꼭 이맘때 놀라 잠 깨면 새벽을
재촉하여
어둠을 가로지르며 질주하는 말의 울음소리
안개 속에 표연히 살아지는 騎手의 옷자락을 보네
窓을 열면
사라진 저편은 分明 숲이었어

끈끈한 어둠의 안개를 뚫고 사라진
저 거세인 말발굽 소리는 또 다른 다리를 지나 숲
으로
가는 것이네
回憶하기엔 이름을 아나
안개의 새벽 憂愁가 주는 것이라 하네
또다시 克明하여지는 저 騎手의 채찍질 소리
그리고 아직 길들지 않은 野生馬의 포효하는 울음
소리
雪原의 밤을 가르는 金屬拍車의 소리
零下의 現象은 유리 속이네
아직 길들지 않은 저 白馬의 騎手는 이젠 누구인가.
이 淸澄한 푸른 새벽에 그 길이를 알 수 없는 다리
附近엔
生活의 안개가 자욱하고
日常의 憂愁에 醉한 慣習의 머리에 뿌리 박는
忍苦의 심지는
성난 野生馬의 질주에서 튕겨지는 純金의 時間

그리고 琉璃質 認識의 結晶

다리 저 편은 分明 깊은 森林地帶이었어

겨울의 언 窓을 통한 눈부신 흰빛의 疾走이었네

咸鏡道 會寧地方의 雪原을 달리던 그 말의 울음이네

우리 모두 지나간

認識의 줄을 떠난 歷史의 화살이네.

# 地圖를 그리는 밤

언제부터인가
不眠의 밤에 측량하며 지도를 그리는
이 계속된 작업은
어제에 그만둔다는 다짐을
글쎄, 내일까지만 미뤄 보면서
피곤에 지친 욕망의 두 눈을 冷수건으로 찜질하며
난 떠나온 故鄕을 그리워했다

차가운 回憶도
밖의 異常 濕度로 안은 갑자기 뜨거워지는
땀을 적시며
작업의 냄새를 正方形 공간에 물씬 풍기면
이미 오래되어 둔한 후각은 전부의 구멍을 열고
아, 잔치가 하고픈 것이다
언제부터인가
보채는 이 자리도 이제
얼마 있으면 눈보라를 밀어내고 이끼의 툰드라가 된다

벌써 시베리아와 캄차카 부근의 한 해안을 그린
욕망의 작업은 밤에
불면의 좁아지는 밤에
이런 밤중엔 배설을 자주 하는 것이다

의식이 피곤하여 충혈된 채로
地圖를 그리는 아무도 오지 않는 밤에
닦지 않은 거울 앞에 서서 떨리는 회한으로
모든 후각의 구멍을 폐쇄한 이 불면의 밤에
내가 그린 地圖中央部에
하의와 양말을 벗은 채 직립을 하면
난 이미 떠나온 故鄕에
다시 돌아가 보고픈 것이다

# 噴水

애당초
아래로만 가려 하였다면
하얗게 飛散하던 순종의 모습으로
계곡으로 강으로
바다에까지 이르렀거늘
어느 날,
새벽에 革命을 모의하듯
너에게 謀叛을 부추긴 것은 그 누구였던가

이제는
한 치라도 용솟음 더 쳐야만
너의 존재 살아 있을 그대로의 宿命을 안고
터져라!
활화산 응어리진 너의 분노여
저 地層 깊은 곳에서 분출하는
너의 뜨거운 얼음,
아니 나의 차디찬 마그마여!

# 11월은

어디에선가
꽃잎은 바람에 몸부림치고
내가 당신을 생각하는 거와 같이
당신은 다른 사람을 그리워하는 背律 속에서
그저
버릇처럼
나는
"차이코프스키"의
피아노曲 作品 37의 A
"四季" 중
11月
"트로이카Troica"를 들으려고
들으려고
헤매이다가,
헤매이다가
疲困의 街角에서
無心히
발앞에 떨어지는
은행잎 주워 드는 달.

작품해설

# 존재의 근원성에 대한 繪畵<sub>회화</sub>

- 詩로 時를 그리다

경암 이철호
(시인, 소설가)


　박평서 시인의 시 세계는 맑은 물처럼 시인의 시는 투명하고 정갈하다. 너무 맑아서 자신의 속내를 있는 그대로 보여주는 물처럼 시인의 시는 고스란히 시인의 모든 것을 비추어 주고 있다. 하지만 그 투명함 속에 흐르는 물은 기실 뜨거운 용암을 안고 있기도 하고 때론 잘 다스려진 광폭한 상상력이기도 하고 삶의 깊은 성찰이 빚어내고 있는 청아한 풍경소리이기도 하다.

　그러면서도 '이제는 돌아와 거울 앞에 선 누님'처럼 시인의 시는 고요롭다. 치열한 삶의 현장을 뚫고, 비바람 치는 숱한 나날을 지나오며 폭풍을 다스릴 줄 아는 고요로움이다.

　먼저 눈에 띄는 작품은 〈염전에서〉이다. 의도하

지 않은 삶에서 어떻게 가장 순수한 본연의 結晶
결정으로 다시 태어나고 있는지, 그 일련의 과정의
묘사는 처절하리만큼 사실적이다.


가로 세로 신도시구획으로
나누어진 저 광활한 대지에
졸지에 가두어진
바닷물은 울고 있었다


오로지 그곳은
움직이는 모든 것 사라지고
시간마저 멈춘
뙤약볕 내리쬐는
한낮의 적막한 풍경뿐


그 속에서
하루에 한 번씩
水車수차로 제 몸이 꺾이고
또 꺾이면서
눈물도 말라버린
타들어가는 아픔으로
해종일 졸이고 또 졸여지니

그 상처는 송이송이 빛나는 하얀 알갱이로
드디어 소금꽃 피운다

수많은 밤을 지새며
탈수될 때까지 기다리고 기다려
새로운 結晶결정으로 태어난 몸은
이제 소금으로 부활한다

땡볕과 바람
그리고 저녁노을과 밤하늘의 별빛이 모두 녹아든
                    -〈塩田염전에서〉 전문


   처음 나는 자유로이 대양을 누비던 바닷물이었
다. 공중의 새처럼 자유로운 생은 소망과 기쁨이었
다. 아직도 닿아보아야 할 대양의 구석구석들이 있
었다. 산호며 어린 물고기, 집채만 한 고래 같은 온
갖 생명을 품고 자라나게 하고픈 꿈이 내게 있었
다. 손에 손을 잡고 생의 환희로 출렁거리는 나는
바닷물이었다.
   그런데 어느 날 나는 '가로 세로 신도시구획으
로' 나누어진 문명에 '졸지'에 가두어지고 말았다.
그곳은 모든 것이 멈추어진, '시간마저 멈춘' 오직

뜨거운 태양만이 내 온몸을 태우는 곳이었다. 그 곳에서 '몸이 꺾이고 또 꺾이면서, … 졸이고 또 졸여져' 마지막 한 방울까지 다 내어놓았을 때 나는 '새로운 결정' '소금'으로 태어났다.

참으로 장엄하다. 또 한편으론 참으로 처절하다. 진정한 자아-본연의 모습을 찾는 과정은 내 몸에 있는 마지막 한 방울의 물마저 쏟아내어야 가능하다. 그렇게 진정한 내 자신의 모습이 되었을 때야만 녹아든 '저녁노을과 밤하늘의 별빛이' 투영될 수 있다.

그렇다. 어쩌면 우리는 결코 나 자신에게 닿아볼 수도 나 자신의 진정한 모습을 보지 못할지도 모른다. '졸지에 가두어'져 '졸이고 졸여지는' 신의 섭리에 의한 역경이 없다면 보이는 대로 주어진 대로 희희낙락하며 그저 흘러갈 뿐이다. 아픔과 고통이 없다면 결코 자신의 내면을 볼 수 있는 눈은 생기지 않을 것이다. 오직 보고자 닿고자 하는 열망만이 펄펄 내리는 몽실거리는 눈의 결정체가 얼마나 정교한 아름다움을 가지고 있는지를 보게 할 것이다. '시간마저 멈춘' 상처가 없다면 자신이 누구인지 존재의 근원은 어디에 닿아 있는지, 생의 설계도면을 들여다볼 생각조차 없이 그저 출렁이며 흘러갈 뿐이지 않겠는가.

그러므로 이 시는 가장 근원적인 존재론적인 물음에 기초하고 있다고 할 것이다. 부활로 일컬어지는 '結晶결정'은 새롭게 만들어지는 무에서 유의 창조가 아니라 숨겨져 있거나 너무나 무지하여 볼 수 없었지만 이미 내재되어 있었던 본질이다. 설계자는 너 자신이 얼마나 아름다운지를, 너를 통해 투영되는 '저녁노을과 밤하늘의 별빛이' 얼마나 신비로운 것이지는 오직 '창조의 그날'로 돌아가야 가능하다고 말하고 있다.

반면 〈廢寺址폐사지에서〉는 〈塩田염전에서〉 結晶결정이라는 '본연'을 마주하고야 마는 존재론적인 물음보다 순례자적인 모호함 속에 생의 비경을 묵묵히 그려내고 있는 듯이 보인다. 생을 낙관한 신은 보이지 않는다. 천년과 또 천년의 시간 속에 소슬한 바람이 불어오고 불어간다. 하지만 그 끝을 살짝 들추어보면 이 詩시 역시 '존재'에 대한 애절한 물음이다.

이름도 없는
어느 폐사지에서
저녁노을에 그림자 길게 - 늘이어진
한 초라한 石塔석탑과 마주하고 있었네

어느덧

긴 세월의 풍상에 닳아진

석탑의 머리 위로 滿月만월이 떠오르는

적막함이여

화강암에 스며든 善德女王선덕여왕 시대의 달빛이여

애초 그 바윗덩어리는

이름 모를 石工석공의 정에 쪼아지고

다듬어진 후

통일신라시대 그때

밤하늘을 길게 가르던 流星유성이

뿌린 별빛이 검버섯 되어 울고 있으셨네


한때는 宇宙合一우주합일을 꿈꾸며 의연하던

아, 曼茶羅만다라여

탑돌이 하던 이

다 어디로 가고 크나큰 비움만 남기셨는가

역사는 겹겹이 쌓여 層층만 남기고

이젠 空虛공허뿐이런가


이름도 없는

어느 폐사지에서

마른 이끼의 초라한 塔身탑신은 千年천년을 지나고도

아직도 그렇게 울음을 삼키고 있으셨네

-〈폐사지에서〉 전문

'저녁노을에 그림자 길게-느리어진 한 초라한 석탑'은 언제부터 거기에 있었던 것일까. 탑돌이 하던 사람들로 북적이던 하려 했던 시절은 어디로 가고, '세월의 풍상에 닳아진 석탑의 머리위로' 떠오른 만월조차 적막하다. 선덕여왕 시대의 달빛과 통일신라시대 유성이 석탑의 검버섯으로 피어나는 지금, 우주합일의 의연한 꿈은 겹겹이 쌓여 층만 남기는 空虛<sub>공허</sub>로 돌아가야 했을터, 그러나 '마른 이끼의 초라한 塔身<sub>탑신</sub>은 천년을 지나고도' 울음을 머금고 있다. 무엇이 천년의 세월이 지나도록 석탑으로 딘넘할 수 없게 하는가. 그 오랜 시간 동안 석탑으로 울게 하는 動因<sub>동인</sub>, 기다림의 생명력은 어디에서 연유하는가.

시에서의 천년의 시간이 꽃처럼 피어나 있다 화폭에는 천년의 시간에서 불어오고 또 천년의 시간으로 불어가는 바람이 있다. 그 바람 속에는 노을도 달빛도 의연한 꿈도 있다.

대웅전 앞
시들어 초췌한 파초를 보다가

지난여름의 그 넓은 초록잎에
후들기던 빗소리에 젖어드네

오백년 古木고목 아래
황금빛 찬란한
은행 나뭇잎을 주우니
손끝에 노란물 가득하네

저 멀리 안개 낀 두물머리 내보이는
茶室다실에서
차를 마시며
茶山다산과 草衣초의를 짐작하니
삼정헌은
茶禪友다선우 셋을 말함이었나

종소리를 듣지 못하고
내려오는 길
生생과 死사
만남과 이별
미움과 사랑을 생각하며
不二門불이문을 나서다가
비로소 듣네

가슴에 울리는

저 파도 같은 因緣인연의 波紋파문을

            - 〈수종사에서〉 전문


'友村우촌 일행과 11월 모임을 갖고'라는 부제를 가진 〈수종사에서〉는 다소 경쾌하다. 그러면서도 시간과 공간, 생각의 원근감이 서로를 끌고 당기며 아름다운 선율을 만들어내고 있다. 즉 시인에게 있어 과거와 현재는 분리되어진 직선이 아니다. 과거는 현재적 삶의 잎맥들에 푸르름을 더하는 풍성함의 원천이며 현재적 존재성의 의미를 강화한다.

시인은 시들어 초췌한 파초에서 지난여름 후들기던 빗소리에 젖어드는가 하면 오백년 고목 아래 은행 나뭇잎을 주우니 노란 은행물이 손 안 가득 고여 든다며 과거의 시간들을 현재적 시점으로 퍼 올리고 있다. 마치 茶山다산과 차 한 잔을 함께 마시는 듯한 여운감 속에 生생과 死사, 만남과 이별, 미움과 사랑조차 不二불이하다는 생각에 이르는 것은 아닌지. 결국 과거에서 흘러오는 물소리는 시인의 가슴에 파도 같은 파문으로, 울리는 종소리가 된다.


하얀 꿈을 꾼다

때는 白夜백야 기간 중

여기는 노르웨이의 숲이다.

주위는 온통 白樺백자작나무들

언제부터인지 쌓이고 쌓인 강설의 대지는

白堊백악의 침묵이다.

숲은 점점 깊어지고

저 밀집된 하얀 나무들 뒤편으로 펼쳐진 오로라여!

아직도 세속의 욕망에 잠 못 이루며

채 끝나지 않은 형벌에 못 견디어 하는데

이제 종심에 가까운 나이

언제 나는 진정코 자유의 새를 날려볼까

마음속 난로에 오래 지펴왔던 검탄이

白炭백탄이 되도록

나는 아직도 하얀 꿈을 꾼다.

남루한 옛부터 그려왔던

白馬백마의 하얀 갈기 휘날리도록

광대한 평원 질주하는 그 바람을

때는 白夜백야

여기는 노르웨이의 하우게 숲이다.

　　　　　　　　 - 〈노르웨이의 숲〉의 전문


〈노르웨이의 숲〉은 시의 제목과 각 연과의 긴밀성 그리고 그 긴밀성에 배태되고 있는 공감각적인 울림이 수준 높은 시의 완성도를 이끌고 있는 〈수종사에서〉와 마찬가지로 회화적 기법이 돋보이는 작품이다. 작품 전체의 큰 情緖정서의 틀 안에서 덧칠전의 질감과 색이 자연스럽게 살아있어 중층적인 느낌이 드러나고 있다. 그러면서도 층위적인 느낌은 시를 보다 깊은 원숙함으로 이끌고 있다 할 것이다.

시는 이렇게 시작된다. "하얀 꿈을 꾼다"-처음엔 하얀 꿈을 꾸는 주체가 언뜻 노르웨이 숲이란 생각이 든다. 하지만 시를 읽어가는 동안 노르웨이 숲에 서 있는 시적 화자와 숲은 혼연일체가 되고 급기야 시적 화자의 꿈은 노르웨이 숲의 꿈이 되어 '白馬백마의 하얀 갈기 휘날리도록 / 광대한 平原평원'을 질주하는 바람이 된다.

얼마나 능청스럽게 시인은 노르웨이 숲을 빌어 시적 화자의 '하얀 꿈'을 이야기하고 있는가. 시인은 질투가 날 만큼 능수능란하게 마음 깊은 바램들을 광대한 평원에서 내달리게 한다. 그것도 백야, 노르웨이의 숲에서…, 하연 꿈이 이글거리는 태양처럼 느껴지는 것은 白堊백악 白夜백야 自作자작나무들 가운데 작가의 '하얀 꿈'이 너무나 강렬하게 타오르고 있기 때문일 것이다. 독자는 무의식적으로 혹은 반사적으로 '하얀'을 '빨간' 혹은 '새빨간'으로 읽지 않았을까?

4월에 내리는 봄비는
사선을 그으며 가만가만 떨어진다
여린 벚꽃잎 떨어질까봐
이제 막 핀 목련꽃잎 생채기 날까 봐
…

봄비는 세상을 세상답게 꾸미는 시작점이고 전
주곡이다.

저 비 그치면
강가 기슭에선 철퍼덕 철퍼덕
잉어가 산란하리라
푸르른 보리밭 고랑 위 맑은 하늘로
종다리 높이 비상하리라
어느 숲속에선
장끼가 꽥꽥 암놈을 부르리라

세상이 세상답게
봄비야 더 사목사목 내려다오

- 〈봄비〉

아침 산보길,

생애를 다한 매미 한 마리가

숲 모퉁이에 누운 채

너덜거리는 날개만

겨우 흔들고 있는 걸 보았다


겨우 남아 있는

밤송이 몇 개 아람 들더니

바람도 없는데

알밤 몇 알이

저절로 떨어진다.


15일 자정,

무인 토성탐사선 '카시니'호가

죽음의 다이빙으로

마지막 임무를 마치고

장렬히 산화할 것이란 뉴스가 있었다.

…

아, 모두들 수고 많았다

할 일들 다 잘했구나

- 〈9월〉


三足鳥삼족오의 태양이 뜬

가마솥 더위
뙤약볕 아래

노인네들
동구 밖 느티나무 그늘에서
쉬고

삽살개
툇마루 그늘에서
쉬고

실잠자리
냇가 풀숲 그늘에서
쉬고

개개비
연꽃 그늘에서
쉬고 있는데

팔월 땡볕 말고도
그을리고
달아올라

뜨거운 이내 心思심사는

어디에서 식혀야 하는가

- 〈쉼터〉 전문

　무거웠던 주제가 〈봄비〉〈9월〉〈쉼터〉에 이르러서는 경쾌해진다. 잔잔한 풀꽃이 피어있는 초원 위를 빙그르 춤을 출 때 꽃향기가 바람결에 살랑인다.

　〈봄비〉, '봄비야 더 사목사목 내려다오'라는 마지막 연은 작품 전체에 부드러운 숨결을 불어넣어 사목사목 내리는 봄비에 금방이라도 젖어들 듯하다. 〈9월〉에는 각기 다른 삶의 결실들을 순한 시선으로 바라보는 모습이 평온하다. 반면 〈쉼터〉를 주목해보면 뙤약볕 아래 한직한 시골 풍성이 간결하면서도 섬세하게 그려져 있다. 하지만 마지막 연에서 '팔월 땡볕 말고도 / 그을리고 / 달아올라 / 뜨거운 이 내 心思심사는 / 어디에서 식혀야 하는가' 급소를 찌르는 해학성으로 얽히고설킨 심사를 시원케 하는 이 카다르시스는 무엇일까. 내용인즉, 그것이 연정인지 짜증인지 알 수 없으나 심사가 뒤틀렸다는 하소연인데 말이다. 이러한 카타르시스는 비언어적 심리 구조에서 비롯된다. 모든 것

이 평화롭다. 동구 밖 느티나무 아래 노인도, 실잠
자리도, 개개비도… 열거는 곧 점층적 확신으로 이
어져가다 느닷없이 반역이 일어났다. 뜻밖의 반역
은 가벼운 흥분을 일으키지 않겠는가. 마치 잔잔한
호수에 돌팔매질로 일어난 파문처럼 말이다. 그 가
벼운 흥분이 곧 독자에게 카타르시스로 작용할 터.
시인은 비록 가볍지만 반전의 묘를 잘 살리고 있다
할 것이다. 이렇듯 〈쉼터〉와 같은 위트로 읽는 재
미를 더하고 있는 작품이 〈전혀 아니올씨다 인 것
〉이다. 시적 화자의 변화하는 심리가 잘 드러나 있
다. 젊은 시절을 거쳐 '이제는 돌아올 수밖에 없는
지경에 이르면' 누구나 공감할 수 있는 자연스런
변화이리라.

한 때는
아내가 여행이라도 떠나
나 홀로 있으면
해방의 자유스러움과
일탈의 기대감에 가슴이 들뜨고
때로는 호젓한 안정을
맛보기도 했건만

이제 전혀 아니올시다, 이네

...

- 〈전혀 아니올씨다인 것〉 중에서


왼손목이 안쪽으로 꺾인,

바이올리니스트의

흰 목덜미와 귀밑 사이의 머리칼 몇가닥

피아니시모로 흔들리더니,


지휘자의 현란한 동작이 드디어 멈춘 후

모두가 숨막혀버린 그 靜寂정적이여!


클라우디오 아바도의

투명한 마법이

눈물덩이로 새롭게 살아나고 있었다

偉大위대한 感應감응으로

- 〈위대한 感應감응〉 전문


〈전혀 아니올씨다인 것〉의 느슨한 듯한 시인의 일
상을 마주하다가 독자는 〈위대한 感應감응〉에 이르러
서는 단박 긴장하게 된다. 정적이 감돈다. 한 점 명화
를 보고 있는 듯한 이 시는 말을 멈추게 한다. 절제된

긴장감 안에 곧 터져 폭발할 듯한 환희가 숨어 있다.


마크 로스코
어두운 채플방의
다크 페인팅 앞에서만
명상과 沒入몰입으로
기꺼이 왜 눈물을 흘리는 것일까


아니다


어느 궂은 날
잠깐 나왔다 사라지는 여우별에서도,
저 밤하늘을 가르는 유성에서도
눈물이 난다


깊고
깊은 마음으로
그들과 주파수를 맞출 수만 있다면,
내 속의 산소, 수소, 탄소, 질소…
이것들이


우주 어디에서 비롯된 것이며

또 어느 별로

되돌아갈 것인가를 생각할 수 있다면

- 〈치유의 눈물〉 전문

시인이 속해 있는 세상, 그가 향유하고 있는 세계들은 서로 맞닿아 더 넓은 세계를 형성하고 또 전혀 새로운 세계로 문을 열어주고 있는가. 〈위대한 感應〉에 이어 〈빈센트에게〉 〈치유의 눈물〉에서는 음악에 조예가 깊을 뿐만 아니라 시인이 화가라는 사실을 떠올리지 않을 수 없게 한다. 시 〈빈센트에게〉서는 화가만큼이나 자유로운 상상력으로 시간과 공간을 넘어서고 있다.

〈치유의 눈물〉에서는 〈노르웨이의 숲〉에서와 마찬가지로 주체, 눈물의 주체에 주목하게 된다. 마크 로스코의 것인가 아니면 시적 화자의 것인가. 모호함 속에서 마크 로스코와 시적 화자의 눈물이 하나가 되어지는 일순간. 마크 로스코와 시적 화자 또한 하나의 주체이다. 두 존재가 맞닿아 두 개의 눈물이 하나가 되었을 때 회복 곧 치유가 일어난다. 하지만 시적 화자는 이러한 '치유'는 완전하지 않다고 말한다. 여전히 존재의 근원성, 곧 존재의 발상지이면서 귀착점에 아직 닿지 못했기 때문이다. 존재하는 것들과 주파수를 맞추길 원하는 것은 존재의 근원성에 도달하고자 하는 열망이 아닐까. 어쩌면 모든 예술성이 염원하는 바가 아닐는지.

그렇다. 시인은 형이상학적인 물음을 회화적 기법으로 그려내고 있어 시인의 시를 통해 독자는 보이지 않는 바람의 길조차 손에 잡을 듯이 볼 수 있을 것만 같다. 그림 같은 시인의 시는 '이제는 돌아와 거울 앞에 선 누님'처럼 고요롭다. 그 고요로움은 삶의 온갖 격정들이 휘몰아친 뒤 모든 불순물이 제거된 순연함이기도 하다.

한편으론, '깊고 깊은 마음'의 고요는 태풍의 눈에 든 고요이기도 하다. 여전히 온 존재를 사를 수 있는, '존재'하는 것에 대한 근원적인 물음이 시인에게 있기 때문이다. 왜 이곳에 있는지, 어디로 가고 있는지 누구도 알 수 없기에 존재하는 모든 것은 울음을 삼킬 수밖에 없다고 시인은 말한다. 그러나 '느닷없어' 보이는 이 존재성에도 불구하고 존재는 단념되어질 수 없다. 그것이 존재성의 비애이자 아름다움이며 곧 영원에 닿고자 하는 생명성의 갈구라고 시인은 노래한다. 그렇기에 여전히 시인은 봄비를 맞고 있는 잔잔한 작은 들꽃을, 뙤약볕 아래 한가로운 섬을 아름드리 독자에게 선사하고 있는 것이다.

# • 책 끝에

이만큼이라도 오늘의 나를 있게 한 그 기저는 '심미의 미학'이었고 그 양식은 '호기심'이었다. 그러다보니 삶은 being이 아니고 becoming인 것을 알기 때문에 이 나이에 말석이나마 '후문학파'의 일원이 되었다. 한때는 세상이 좁아 보였던 시절이 있었다. 그러나 그것은 나의 우매이었고 오만이었다. 하느님의 사랑도 느꼈지만 그분에의 두려움도 알 수 있었다. 세상은 넓고 깊다. 그러나 내가 하찮은 존재에 불과하다는 것을 항시 뒤늦게 깨닫는다.

처음엔 '시집'을 낸다는 것이 무슨 의미가 있을까 주저했다. 그러나 이 시집을 엮게 된 것만으로도 내 생애에서의 조그만 흔적이라고 자위해 본다. '박정린'이란 필명도 실은 나의 20대 초에 이미 사용하던 이름이다. 이왕이면 여러 사람이 이 시집을 읽고 잠깐이나마 사랑해 주기를 바라지만, 최소한으로 나의 가족만이라도 내가 살아온 한 부분의 편린이라고 알아주었으면 한다.

　이병인 윤경 내외, 서상우 선희 내외, 민수 사치코 내외 그리고 연주Cristina, 예린Sophia, 다은Kayla, Dana, Brien, 도영이 – 너희들 모두 포함하여 이 시집을 읽는 모든 분들께서는 이 시집을 통하여 세상을 바라보는 눈이 더욱 깊고 넓게 되시는데 조그만 도움이 되시기를!


　　　　　　　　　　박정린(박평서)

박정린 시집

# 미완의 고백

|인 쇄| 2018년 8월 28일
|발 행| 2018년 9월 10일

|지은이| 박정린
|펴낸이| 노용제
|펴낸곳| 도서출판 한국문인

|등 록| 제 2-5003호
|주 소| 04558 서울특별시 중구 창경궁로1길 29 (3F)
|전 화| 02-2272-8807
|팩 스| 02-2277-1350
|이메일| jw9280@empal.com
|공급처| 정은출판(02)2272-9280

 정 가 12,000원
ISBN 978-89-93694-47-5 (03810)

* 저자와 협의하에 인지는 생략합니다.
* 잘못된 책은 바꾸어 드립니다.

이 책의 판권은 지은이와 도서출판 한국문인에 있습니다.
양측의 서면 동의 없는 무단 전재 및 복제를 금합니다.